調査員

おやゆびん

東京図書出版

調査員◇目次

どーれだ

スイーツ、いくつ有るか分かりますか。
こんな事知っていても、知らなくても、特に困らない。
では、美味しいと思う、スイーツがいくつ有るか言えますか。
その美味しいスイーツは、何処の何と言えますか。
それらは一年に何回、一カ月に何個、一週間にどのくらい、
あるいは、チャンスが有ればいつでもなのか。
それとそれ以外の、美味しいスイーツを、食べるチャンスは、
他にも、食事や飲み物、食べられる量や時間、
そして、それらは健康だから美味しい、

健康でいる為には、お、い、し、く、食べなければいけない。
同じ食べるなら、おいしい方が、もっと良いに違いない。
たとえば、ある時、ちょうど、時間とお腹に、都合の良い時、
何を食べるか、今いる近くで食べるか、それとも少し距離が有る所か、
前に食べた事が有る物、あるいは初めて食べる物に行くか、
ここで先ず考える、どれにしようかな、と、その為には先ず情報の確認。
あそこは、ランキングの常連で、主にテイクアウトが人気で、
あっちは、地元の人気店で、いつでもティーが有名で、
こっちは、食事が美味しくて、デザート最高だし、
むこうのは、何時でも有るよ24で、
すぐそこに在るのが、オープン数カ月で、人気急上昇中の所で、
そしてあれが、ここを嫌いな人が多く、でも大好きな人も凄く多い所で、
どれも個性が有る、ここまでは基本情報で、

ランキングの常連は、総合評価が高く、店内で食べるには予約を取るのが、すごく大変で、コネが必要になる。

何時でもティーは、グループで行く人が多く、うるさいのは苦手な人は無理。

デザート最高の所は、デザートだけでの入店が難しく、食事と一緒がベスト。

何時でも24は、売れ行きの良い物だけ集めて、レシピどおりに作っている。

人気急上昇中は、伸びしろがまだ有り、実力が分かるのはこれから。

人気の極端な所は、味ではなく、相性で分かれる。

そして、これらが噂や情報誌から仕入れられる。

ランキングの常連は、店内で食べる物と持ち帰りでは硬さが変えて有り、コスト計算も分けて、平均点も高く文句は無い。

何時でもティーは、飲み物と一緒に食べるのがベストで、食事も美味しく時間と食欲に余裕が欲しい。

二人以上で分け合って食べると最高。

どーれだ

デザート最高は、食事もデザートもどっちもメインだ。
此処は、時間と体調を整えて計画して行きたい店、
何時でも24は、それこそ何時でも食べられる、
飽きさせない工夫がよく出来ていて場所が良い。
人気急上昇中の所は、定番は良いが時々新作が微妙だ。
人気の極端な所は、食材の特徴を活かした自然派で、
濃い味が好きな人にも好みを伝えてもらえれば対応してくれる。
態度の悪さを山ほど並べる人が多く、本人はビジネスは対等だという姿勢で、
買ってやる、売ってやるでは無く、買わせていただく、買っていただく、
という姿勢だが、我慢して食べる物では無く、我慢して作る物でも無く、
我慢したら美味しい物が、作れないから作らない。
ランキングの常連のオーナーは親が資産家で腕の立つ職人を雇っている。
何時でもティーのオーナーは喫茶店を経営したくて、貯金をして始めた店。

食事が美味しくてデザート最高のオーナーは食事を作るのがメインで、デザートの専門の友人を職人として雇っている。

何時でも有るよ24のオーナーは二代目で、短期間で有名店に昇格させた。

人気急上昇のオーナーは基礎はしっかりしているが、年齢が若すぎる。

不評が多い店のオーナーは味と経験は申し分ないが、礼儀にうるさい。

ここまでが私の経験で、私は24時間を考える会のチーム六のメンバーで、二十四時間を六分割で生活している調査員です。

働き方は四時間働いて、二時間の自由時間が有って、また四時間働いて、その後十八時間後にまた次の仕事が始まる、これを三回続けて一回休み、この繰り返しで毎日二十四時間、プラス四時間の二十八時間を一日として、体に与える影響を調べながら経験を積んでいる。

これの良い所は、一日二十八時間サイクルで、毎日四時間余裕が出来る。

この四時間の使い方は各自自由です。

たくさん寝ても良いし、何かをしても良い。
それで私はスイーツを食べる事にした。
どれにしようか毎回悩む、だから私は一つの規則で答えを出す。
そのチャンスの希少性、それと気分、私はこの二つの個性を使い、
行動を決めている、毎回優先する比率は変わるけれど、
私達の組織は、ある意味何でも屋である。
私達の住んでいる家は全員寮で、それは私達個人の資産でも有る。
共同住宅も一戸建ても全て住居者である、私達個人の資産です。
私達は毎月、家賃という形でローンの返済をしている、三カ月に一度申請すれば、
返済金額を変更することが出来る、つまり次の三カ月まで余裕が持てる。
私の家はワンルームで、バスとトイレが付いている。
二人で住む家は二部屋プラス共同スペースで、
各部屋にバスとトイレが付いている。

どの家も全て一部屋ずつ、バスとトイレが付いている。
これはプライベートの空間を作り、一番ストレスの少ない場所を作るのが目的で、
働いて帰って寝る場所だけではなく、心が休まる空間を作るのが私達の仕事です。
たまったストレスを、家族にぶつけたのでは、本末転倒である。
今私が住んでいるこの部屋は、つい最近出来上がったばかりで、
三カ月間はそこで生活をして、問題がなければ賃貸や売買に出せる。
私は、ある建設会社のインテリアデザイン部の社員です、
そして、スイーツ専門のブロガーで、
そしてある組織の調査員です。私と組織にはある契約があり、
私の全ての情報は、組織に管理の権限を与える事。
したがって私の携帯端末には、あるアプリが入っていて、
私の方から削除は出来なくて、そして全ての情報は記録されて行く。
しかし私の許可無しで、その記録は第三者が知る事は出来ない。

だが緊急事態の時は、必要な情報は、第三者が知る事が出来る。
もし私が死亡した場合は、有る程度の時間保管され、その後消去される。
そして全ての第三者は、私の事を知る事は出来ない。
このアプリは私から組織にだけ情報を伝達する。
私の死亡後全て消去される事、例外は一切認めない事、これが契約内容です。
で、私は今ブロガーとして、何を食べるか考え中で、
私のブログの特徴は三カ月に一度更新され、私の個人情報は、
一切公表はされていない。
今回は気分を優先して選びます、その為にもう一つの情報は、
ランキングの常連のオーナーの資産家の親は政財界に繋がりが有り、
資金は親の口利きで、金融機関から融資を受けている、
料理人はコンテストの上位常連を雇っている。
インテリア、食器や食材は、全て高コストで、

儲けは有るが面子による優越感をより大事にしている。
いつでもティーは脱サラをして始めた、お茶大好き人間で、
サラリーマン時代に、店の開店資金を作って始めたお店で、
お茶の葉にコストの重点を置いている。
食事が美味しくてデザート最高の店は、料理人とデザートを作る二人組で、
幼馴染でお互いいっぱい修行して来た二人がやっているお店で、
息の合った二人で作る料理には相乗効果が有る。
メニューには料理に合うデザートとデザートに合う料理が有り、
私は二人が喧嘩をしない事を何時も願っている。
いつでも有るよ24は三カ月に一回メニューが入れ替わる、売れ行きの悪い物は、
ここで消えて、売れ行きの良い物は、しばらく製造されない。
休む事によって飽きさせないのが狙い。
人気急上昇のオーナーは有名店で修行した後に始めた店で、

始めた理由は対人関係で前職場を辞めた為、現在調査中。
不評が多い店のオーナーは、自分は公平だと思っているが、
注文の取り方が上から目線で、本人は気付いてないのか、
ただ変える気が無いのか、
そこがトラブルの要因で、そこが我慢出来れば美味しい物が食べられる。
好みの味や香りと苦手な味や香りをその日の気分で注文すればＯＫ。
後はオーナーのその日のベストを食べるだけ、
そして今食べたい物の為に取る私の最初の行動は、
評判の悪い店に電話を掛ける事、後はその結果次第。
因みに私は毎回その時に想像出来た物を食べる。
それを実現する為に、私は毎回美味しく食べ続ける為に、
自分ルールを持っている、最初の一口はスイーツから食べ始める事、
私は自分のルールに従って、そのルールがＮＯの店には行かない。

私はスタイルをキープする為に、主食の量は普通の七割以内に抑えている。
それと目の不自由な先輩に教わったやり方で五感を鍛えている。
やり方は安全な場所や姿勢で、目をつむってシャンプーとボディーソープと手だけで、全身を洗う事や、目をつむって食べ物を飲んだり食べたりする事など、
安全な場所と姿勢が取れる時だけ、目をつむって色々と試す事、
これによって五感が鍛えられ、それと自分に使う時間の大切さを理解出来る。
そして現在わたしの身に付いた個性の一つに自動的に体が洗える。
つまり体を洗う時間中は別の事を考える時間になる。
私の場合はその日やる事を考えて、次に今後やる事を考える。
これが私の日課で毎日このリセットで始まる。
私が現在訓練中なのが、脳の使い方で脳力の振り分けの訓練で、
無意識に十パーセント耳に十パーセント皮膚に十パーセント足に十パーセント、
目に二十パーセント鼻に十パーセント口に十パーセント手に十パーセント、

舌に十パーセントに振り分けて、スイーツを食べる練習をしていて、
無意識は循環器を管理して、耳は音を管理して、皮膚は温度や空気の流れを管理して、
足は腰掛けている状態を管理して、目は集中して見るのと視界に入る全てを管理して、
鼻はにおいを管理して、口は体内に取り入れる、物の大きさを管理して、
手はスイーツを一口サイズに取り分けて口まで運ぶまでを管理して、
舌は味を管理する、これが凄く難しくて毎回意識の全てが
スイーツに持って行かれてしまう。

先輩

ある先輩の教えによると商品の存在理由は価値の問題。
例えばシャンプー剤、髪の毛と頭皮専用から特化した物まで有るけれど、
宣伝をして時間を使い生産した商品の価値は、大量生産と個人生産では、
付加価値のつけ方が違うと言う事で、大量生産は同じ品質の物を沢山作る事が出来て、
個人生産は毎回微妙に違う物が出来る、後は消費者が決めるだけ。
つまり買う人がいるという事が商品の価値になる。
その為にはそれに見合ったプラスポイントが必要で、
これがないと趣味の商品、つまりマイナスポイントな商品になると。
因みに私が作った部屋の特徴は、広いお風呂場が有る部屋で、

バスタブの大きさは、身長が百八〇センチの人まで、ゆったり入れる大きさで、
それ以上の人達は膝の調節で、二一〇センチの人まで肩まで浸かる事が出来る作りで、
水量は優しい水流から強烈な噴射まで自由に選べて、
私のお勧めの使い方は、まず健康診断の機能から使ってもらう事。
まず初めにバスタブにお湯を溜めて肩まで浸かりスイッチを押すと動作が始まる。
優しい水流の時は水流と一緒に超音波が出て、全身の血流検査をしてくれる。
弱めの噴射の時は全身の二カ所ずつばらばらに、
水流がでて痛覚や温覚を自己判断する事が出来る。
この二つの検査が終わったら、好みの強さと出し方を設定して、
マッサージされるだけで、最後に使い終わった水は浄水しながら別のタンクに溜めて、
その水が浄水されたら洗濯やトイレの掃除等に使える。
排水に関してはある先輩に教えてもらったやり方で処理をしていて、
浴槽と洗面台は床にある排水溝に繋がっていて、

それらが一つにまとまる所にカプセル式の浄水装置がついていて、
これを一年に一度交換すればよい仕組みになっている。
後は洗面台と洗い場と便器が有って、シャワーホースの長さは、
バスルームの隅々まで届く長さで、一番こだわったのは温度で最初は三十八度で
始まって、そこからその時の判断で温度調節が出来て、
使い方は声に出して上か下を発音した後に一から十の数字を言うだけ。
スタートの温度は自由に変更が出来て、
十を選んだ場合は始めの温度から二度変化する仕組みで、
水温か空調を指定してからこれらを変化させる事が出来る、
声を出せない場合は手動でも出来る。
最後に浴槽の手入れは柔らかいスポンジに石鹸かボディソープを付けて、
軽くひとこすりするだけです。
部屋の方はたくさん収納するスペースが有り、

スッキリした部屋でくつろぐ事が出来る造りで、
大きめのベッドが置けるくらいの広さが有る。
ところで私には沢山の先輩と大先輩がいて、
ある先輩は私に温感の鍛え方のコツを教えてくれた。
やり方は湯船にお湯を溜めながら入る方法で、
最初にお湯が出たら目で温度を確認しそして利き腕の手のひらを徐々に
近づけながら熱いと感じたら触るのはやめて温度調節をしてから、
再度利き腕の手のひらで気持ちが良いという温度を探す。
これは利き腕を一番俊敏に動かすための訓練方法で、
一歩外に出たら何が有るか解らない、
次にその温度で足を使い確認をして、次にお尻を底に付けて足を伸ばした状態で
つま先からお尻までの筋肉をちょっと強めの力で、全体に力を入れたり
ばらばらに力を入れたりして筋肉を鍛えられる。

お湯をおへそとみぞおちの間くらいまで溜めて、
しばらくその状態をキープして、その後より気持ち良い温度で肩まで浸かる。
ここで重要なポイントは意識して行動する事。
例えば何かをした時に良いと認識をしたら、よくないと認識するまで続ける事。
よくないと気づいたら改めること。
この先輩も先輩から教えてもらったらしい。
別の先輩は時間について教えてくれた。
時間は世界一公平だ、一分多くも少なくもないと。
毎日生活で必ずやらなければいけない事は嫌がらずにやる。
一日でも長く健康で長生きをしないと楽しい時間を増やせない。
また別の先輩は筋肉についていろいろ教えてくれた。
何かの理由で体の一部が痛くなったときは筋肉の使い方を覚えるチャンスだ。
痛い所の周りの筋肉を使いピンポイントで場所を特定する事ができる事、

つまり初めてのリハビリのコツを覚えてもらえることができる。
筋肉と神経と血液の連携で脳に情報が伝わり、
脳がＤＮＡを使い各臓器に必要な物質を製造させて、
その必要な物質を作るのに必要な食べ物や薬は何か考えて、
体には必要な動作を取らせると教えられた。
またまた別の先輩は地球は生きていると教えてくれた。
今地球を殺そうとしているのは、最強の害虫、人間だと、
必要以上に増えて地球を破壊しまくっていると、
とある大先輩は私に習慣とは選んで身に付けるものだと教えてくれた。
たとえば健康で長生きするには何が必要でどんな事をしなければならないか、
じゃあなぜ長生きしなくてはならないのか、
楽しい事がいっぱいあって満足するには時間が足りないから
長生きをしなければならない。

ではどうして健康で長生きなのか。健康じゃなければ楽しめないから、
その為に良い習慣を選んで身に付ける。
その大先輩が今目標にしているのが三カ月ごとに国内を引っ越しすること。
これを繰り返して色々な町や村や集落で生活をすること。
そのため私は大事な決断をする時は自分から私に一言
不動産には囚われるなと、このおかげで自由に場所を変えて仕事が出来る。
この大先輩が今やっているのが空き家のリフォームを専門にしていて、
完成したら一日から契約出来るレンタルハウスになる、
現在友人に相談をしているのは生活をしている所に所得税と住民税を払うという事が
出来ないのかと。
政治業界の仕事をしている先輩は、日本のことを日本のみんなに知ってもらう為に
頑張っていて、この業界が一番大事にしているのは繋がりで、
この業界に長く留まる事が出来るかどうかを左右すると言っていた。

この先輩が思ったのは、戦後七十年以上も過ぎた今の日本の事だと教えてくれて
まだ全ての外国と対等に話が出来ない事を嘆いていた。
まあ国内が対等ではないからそれも仕方がない。
それでもこの業界がどんなに頑張っても私達は気付いてしまった。
灯台下暗しだと、本当の楽園は日本だったんだと。
ある先輩は、教育関係の仕事をしていて、
小学校の時間割を、私達と同じように四二四時間割で、
登校してから先ず、朝食を取り二時間勉強して二時間スポーツやゲームをする、
そして二時間のお昼休みが有り、二時間勉強をして二時間スポーツやゲームをする、
そして最後に夕食を食べて下校をする。
これは成長期に必要な体を作るためで、
ここで教える勉強は、今必要な事に重点を置いて教えている。
現在生活をしているこの環境を使いこなせなければ生きては行けない。

例えば国語、使い方次第で楽しくも不快にもなる。
敬語は必要な言葉の一つで、知っている事によってラッキーな事が有るかも知れない。
挑発する言葉やしぐさは他人に対してやってはいけない、取り返しがつかない事が
起こるかも知れない、大怪我や死亡する場合も有る。
言葉は年上のほうが有利である、一歳年上なら一年分の知識の蓄積ができて、
もしテストのために一年間集中をして記憶をしたらその差はもっと大きくなる。
特に大事な試験は将来なりたい職業に必要な知識で、
だからその為に記憶をする練習をしておく必要がある、
つまりはそれまでのテストは点数は気にしないで、
自分なりの記憶の仕方で個性を作っていく。
それまでは記憶の大半を楽しい生活を記憶してもらう。
算数なら九九が暗算で言えるくらい、それ以外の数字は必要な人が覚えればよい。
後は生活で使われる数字が理解出来るくらいでよい。

社会は仕組みや挨拶や礼儀、ビジネスは自分対他人で始まる。
金額の大小ではなくて売る人と買う人がいて立場は対等ということ、
これが理解できれば楽しく生活ができるようになる。
自然なら生活圏の自然や農業など、気にしてもしなくても必要なもの。
英語は全ての授業から単語だけ習う、単語を知っていれば後は組み合わせだけ。
生活では自分だけの一部屋の使い方を教える。
先ずは毎日使う物を部屋中ばらばらに配置して、
重要な物は、それぞれに順番を付けて、ばらばらに配置をする、
そしてその部屋の何所に何が有るかを覚えて、毎日の生活の中で
配置を換えながら生活をすると、その時の理想に近づける。
これは自分に時間を惜しんではいけないと言う考え方で、
これによって記憶力や生活のリズム等の個性が身に付く。
そして一番の特徴は趣味の時間。

音楽や図工そして家庭科に趣味など各自自由に選べる。
スポーツやゲームでは、一人では得られない楽しさを知ってもらい、
負けても次が有る、別の事で勝てば良い、勝てるまで長生きしろ。
食べると寝ると動くは毎日やる事、それ以外は毎日でなくて良いと言う事。
これらを基本とする学校、教える方も教わる方も楽しい学校、
そしてこれを実現する為に、先輩はランキングの常連のオーナーの親に、
協力要請を頼んだところで、彼は政財界に幅広いコネクションを持っている。
そして裏社会にもコネクションを持っている。
その先輩のとった行動は、ある先輩に政財界でバランス良くコネクションの有る
人物を、紹介して下さいとお願いした結果、最後にたどり着いた人物が、
ランキングの常連のオーナーの親である彼です。
彼は政界においては派閥を問わずコネクションが有り、
財界においてはどの業界にも人脈が有る、

そして裏社会の人達とは直接連絡を取る事は無いが太いパイプが有る、
彼の祖先は海産物の問屋をしていた、その為現在でも強い繋がりを
各方面に持っている。
先輩は彼にお願いした後、最初の学校を作る場所の確保に動き、
決まった場所は山のある農村で、そこに作りたいのは、
子供たちの親は酪農にチャレンジする人、
或いはそこで、それ以外の仕事が出来る人、
期間は三カ月以上の滞在が出来る人、滞在期限の上限は子供が卒業をしても、
滞在は継続する事が出来る事。つまり上限はない。
子供たちは四季に合わせて一年を四学期に分けて、
三カ月に一度、日本国内で合宿をする。
合宿の日数は勉強する内容や移動時間で変わって来る。
勉強のやり方は例えばバス、バスの車体は金属で出来ていて、

エンジンやモーターで動いている、
車内には金属や合成樹脂、合成繊維や自然素材など、
色々な部品や仕組みで、使われている素材、安全に移動する為の注意事項。
安全の為にバスの運転手さんの操作中の行動を、画像と音を記録しながら、
異変を察知すると急いで合図を促し、運転手さんを含め車内の全員が、
無事に脱出する為の緊急停止装置が付いているとか。
子供達には椅子に腰掛けた感触や手で触れた感触を覚えてもらい、
それらがどんな材料で、どのように作られたのかとか、
道路の材料や仕組み、作る為に使われた道具や機械に街灯など、
それにかかった人数に時間や強度それらのコストなど、
周りにいる学友との触れ合いやそれによる知識の共有をする。
移動中の景色の観察や雑談、雑談から得る情報などを理解してもらう。
バス以外の乗り物も同じように、毎回使われる移動手段を勉強する。

食事では材料や調理法、それらに携わった人数や時間など、
その食材は、人の手により作られたのか、自然食材なのか、
猟師さん達が海や湖、川や山等から採ってきたのか、
酪農家の人達が飼育したのを手に入れたのか、
命の大切さを勉強しながら、これら基礎を学び、
それらから得たエネルギーが、どのように私達の体に影響するのか、
どうしたら健康で楽しく生活が出来るか、
これら全ての物は、人間が考え人間が作ってきた物であり、
子供達が次はどんなふうに、進化させて行くのか、
あるいは破壊されずに、多くの物や場所を次に繋げるか、
現実が一番大事で、インターネットは時間割の中の一部で有り、
食べる事はその日必要なエネルギーになる大事な作業の一つで、
寝る事は起きている間、活動した臓器達を休ませる大事な作業の一つ。

そしてインターネットは見ている物プラス想像であると言う事。
教師は勉強する内容毎に、専門知識が有る人が担当する。
だから合宿の度に教師の人数は変わり、移動中に勉強する教師と、
到着先に住んでいる教師がいる。
小学校の六年間で覚えなければいけない事は沢山有る。
この学校では社会に出る為に必要な事を勉強する、
精神や肉体に時間等の重圧に直面したら、
まずは考える事、そして自分に確認する事、
そして生活は楽しくする為に頑張るもの、
子供の内に沢山、楽しく過ごしてもらい、
現実が一番だと思える環境で未来の自分はこの夢に、どれだけ近づけるか、
その為に色々な基礎を学び自分を試せる社会で、
自立する為に必要な力を見つけなければならない。

絵を描くのが好きで、音楽が好きで、食べる事が好きで、
ダンスが好きで、スポーツが好きで、ゲームが好きで、
一人が好きで、友達と一緒が好きで、仲間と一緒が好きで、
何かを覚えるのが好きで、何かを考えるのが好きで、
何かを作るのが好きで、寝るのが好きで、ぼーっとするのが好きで、
等々それらの好きと家族が好き、これらを使って毎日の時間割を考える。
教えの基本は、やり過ぎない、やらなさ過ぎない。
同じような夢を持った人達と、協力や競争をしながら、
自分の時間割を作る為に、一日の三分の一前後の仕事をして、
収入を得なければならない、試してみたい仕事を理解して、
長く続けられる仕事を探しながら、理想の生活が出来るように、
自立とはそういう事、自由とは他人に従わず、他人を従えない。
心の良い表現は現実に行動をしても良いが、

悪い心は想像だけにしておけと、教えてあげる。
社会に出たら頑張らなければならない事が沢山有り、
知恵や腕力等を使い服従させようとする人達から、
自分を護る為の知識の集積力と体力の作り方を学んでもらう事。
国語これは日本人社会において重要なスキル、
算数これは人間社会において毎日の生活で使うスキル、
そしてこれは競争に使う道具、
英語これは日本人いがいの人達と話すためのスキル、
あるいは特定の社会の共通語、
外国語これは特定の人種と社会の共通語、そして特殊なスキル、
これらを学ぶやり方を教えて行きたい。
これに特化した学校を、この先輩は今作っている。
仲間の先生には一人で良いから、尊敬されるように頑張りましょうと、

お互いに頑張りましょうと励ましあっている仲間の先生とここを作っている。
この先輩が次に作ろうと想っているのは、同じ敷地内に附設する、
妊婦さんから小学校に入るまでの親子達の共同スペースで、
子育ての先輩と後輩の情報共有をしながら、
ストレスの少ない子育てが出来る環境で、
子供だけの社会と、親や教師等の大人達が管理する社会、
この社会の中で奇跡で生まれた子供達を守る場所を作ろうと思っている。
人として最弱の子供達が楽しく発育が出来る場所。
その次が中学校で、ここで勉強するのは小学校の延長で、より詳しい内容になる。
例えば命、小学校では抱っこしていたペットを誤って落としてしまい
それが原因でペットを死なせてしまった、
中学校では感情に任せてペットを死なせてしまった、
もしその時、感情を抑える事が出来たらなど、

あと何年何十年と、同じ時間を過ごせたかを想像してもらう。
内容は楽しい思い出と、その為に使う時間など、
考える力は空想と現実を想像する力で養ってもらう。
空想では四六時中一緒に居る楽しい思い出、
現実ではその為に毎日使う時間はどのくらいで、
その子の最後まで、できれば皆が思うぴんころまで一緒の時間を。
その為には食事や環境に意思疎通を図る為にしなくてはならない事など。
一日何回、何をどのくらい食べるのか、食べてはだめな物と食べた方が良い物。
どういう環境が最適か。
家の中では何がだめで何が良いのか躾けたり、
外では何が良くて何がだめなのかを覚えさせたり、
何をしなければならないのか、それにはどのくらいの時間が必要なのか、
それ以外にも自分がやらなければならない事にやりたい事、

それら全てを考えて時間割を作ったりする勉強。
その次は高校で、全ての勉強する内容を国語と英語と外国語で習う、
後は自由に選べる、但し選んだ全ての授業が、
国語と英語と選んだもう一つの外国語で勉強をする。
外国語は三カ月に一度、変更或いは変更無しが選べる。
それと此処には、給料をもらいながら実習をする人が三カ月交代でやって来る。
内容は衣食住に健康にスポーツに遊び等、
学んで来た事やそこで学んだ事を教える事、
実習生は教える事によって自分も深く理解をする事が出来る。
子供達にここまでに教えたいのは、今の現実社会とどう向き合うか、
その為に教える事は、言語と算数と社会と健康で、
想像した仕事と、現実の仕事の状態の違いについて教えてくれるのが、
仲間の先生で健康面を教えるリーダーは、性格は保守で前向きで、

食べる飲む遊ぶそして動く等の全ての動作をやり過ぎない事を、
前提にたまに、はめを外すが度を越す事は無い人で、
担当は命についての授業をしている。
自分の経験談を使った教え方では、犬の親子二匹を連れて歩道を散歩している時に、
後ろから自転車に乗った飼い主と、
リードを付けていない一匹の大型犬がやって来て、
私の飼っている母犬に突然噛み付いて来た。
私が飼っているのは小型犬なので上から一噛みされてしまい、
その後直ぐに近くの動物病院で手当てをしてもらった。
大型犬の飼い主は、この子は普段とてもおとなしく、
一度も他の犬と喧嘩をした事は無いと、飼い主も謝って来たので、
私は謝罪を受け容れた。
後日、別の歩道を二匹の犬を連れて散歩をしていた時に、

あの大型犬と同じ飼い主に出くわした、
その時リードは又、繋いでは無かった。
それ以外の教え方はペットについて、可愛くて何時でも一緒に居たくて、
自分も欲しい、親にねだる、親が許す、世話をする、
世話をする時間を減らしたい、家族が手伝う、
家族も面倒くさい、可愛がる時間が減る、
ペットの気持ちは……
もし犬を飼ったら、ドッグフードはどんな材料で作られているのか、
それを一日にどのくらいの量を、何回に分けて食べる方が体に良いか、
その犬の健康管理は君達次第。
例えばここに犬がいる、この種類の平均寿命が十五年前後で、
この犬が知識を記憶できる時間も十五年前後という事。
この寿命は、そこまでたどり着けた犬の寿命で、

無傷でたどり着けたのは、全体の何パーセントなのか。
その傷の原因は、飼い主の不注意なのか故意なのか、
病気の原因は……
優しく撫でる、手足なら優しく握る、耳なら優しくつまんだり、
優しくもんだり、背骨や肋骨を優しく擦ったりして、
これら体の特徴を覚えて異常に気付けるようにする等々。
この先生の仲間の先生には、今の社会で食べられている食べ物を、
皆に美味しいと思ってもらい、沢山は食べないでと願う食材を教えている。
別な先生は家畜の健康な育て方とそのリスクについて教えている。
家畜は人間に食べられる為に飼育されている。
冷凍保存の進歩のおかげで一年中食べる事が出来て、
加工された物はそれ以上に有る。
国外に輸出もされている。

子どもの方が美味しい、とっ、
数カ月で食材になる。
そしてペットにも食べられる、
市場の拡大により殺される数は日進月歩である、もし食べられなかったら、
それでも病気により毎年、何千何万何十万何百万何千万と殺されている。
家畜の心は……
また別な先生は食材や観賞用、それら皆の為の植物について教えている。
特に大事なのが土で土が汚染されると、水も汚染されてしまう。
すると海も汚染されて魚介類も汚染されてしまう等、
身体的な授業では別の先生が、体の異常の確認の仕方を教えている。
やり方は床に仰向けに寝て背伸びをする、目をつむって頭のてっぺんやおでこに
意識を集中させ、それが出来たら集中させた意識はその範囲を保ちながら、
目の周りや後頭部に意識を移動し、そのつど自分に確認をする。

その後耳や目、鼻に口、頬やあごから咽喉にと、咽喉から左右の肩へと、
つねに二カ所ずつ意識を交互に集中する事で、比べる対象が有る事により
その感覚が記憶に残りやすい。
その状態で手の指先から、足の指先まで意識を集中して、
ストレスの掛かり方の確認をする。次に仰向けのまま両手の
手のひらを床に向けながら左右に開く、腰から下だけをひねりながら、
首は反対側を向く。
ひねった方の足の親指が床に付くまでひねる、ここでも確認をしてから、
反対側も確認する、これらの確認が終わったら、
後はいつもどおりに生活をするだけ。
これを習慣づける事によって、体の異常を医療関係の人達に的確に
伝える為の手助けになる、そしてこれは死ぬまで続けなければならない。
目の健康の為に長時間、近い距離を見ない事を前提で、

後は勉強やゲームやスポーツや好きな趣味をするだけ。
身体の作り方については成長期は、ＤＮＡの基礎作りの大事な時期で、
絶対に体内に吸収してはならない物を教えたりしている。
それと接触したり体内に取り込んだ時の適性を検査したりと、
また別の先生は、毎日の生活の中で起こり得る病気やけがをした時に、
冷静に対処出来るように教えている。
それ以外にもトラブルに発展させないのが前提で、
発展してしまった時の対処法を教えている先生もいる。
これから相手の事を殺してやりたい、仕返しをしてやりたい、
ぎゃふんと言わせたい、へこませたい、見返してやりたい、
次は勝ちたい等の場合は、後悔したのか、納得したのか、
次もやりたいか等を想像してもらい、その後現在の生活で楽しいと想うものを、
同じように楽しめるか想像してもらい、自分の受けたダメージや

相手に与えたダメージに人間社会の規則も理解してもらう事。
ここでは十五歳になるまでに、社会に出て基本収入が得られるように、
さまざまな職業の実習や体験をする事が出来る。
例えば山、山に興味が有って、山を体験したい人は、
その山の特徴を勉強して、良い副産物は何、危険物は何、
それらは海やそれ以外の場所も同じで、町や村に集落でも、
リスク社会の勉強では、酒やタバコとギャンブルや薬、
そしてセックスについて、何が良くて何が良くないか、
自分を傷付けずにどうやって健康で長生き出来るか、
一瞬で終わる人生と長続きする人生について、
有限である時間について、
小さな失敗を沢山してもらい、
大きな判断ミスをしない為の勉強をする所。

それらに初めて接触する時に、もう一度自分に確認する事等、
私は仲間とそんな学校を作りたい、学校は場所ではなく、気持ちの問題。
この先輩の授業では、お風呂やシャワーを浴びた後に使ったバスタオルは、
洗うか洗わないかについて、答えは人それぞれになるが、
特徴を持たせると、答えは分かれる、例えばシャンプーと洗顔料と
ボディソープを使い手だけで洗った場合の最後に使うバスタオルは、
考え方や許容度に解釈の仕方で答えは多数に分かれるが、
最終的には二択になる、洗うか洗わないかそれだけ。
大事なのは二択になるまでの過程の中に、個性が生まれる。
つまり全員が個性を持っていて、どこに強い個性が現れるか、
例えばこの人は、体を守る皮膚をきずつけない為に、道具を使わずつめも立てずに
洗ったとする時、シャンプーと洗顔剤とボディソープを同じメーカーで揃えていたら、
これら商品毎に人体に害を及ぼさない量の物質が入っていたとして、

合わさる事によって人体に影響が有るかも知れない、
又はすべて別々のメーカーで、合わさる事により害の有る物質を作るかも知れない、
これらに化粧品を混ぜたら人体はどうなるか、
皆が使ったこれらが混ざり合ったら日本は大丈夫か、
世界中から流れ出た海はどうなるのか……
この学校を作っている先輩の、仲間の教師で色々な職業について教えている教師達は、
介護の授業では、ある新人のヘルパーが初めての介護の時に、
精一杯の挨拶をしたら、つっけんどんな返事が返って来た。
いきなりやる気をそがれたヘルパーは、
どんなに頑張っても事務的以上には介護が出来ない。
今後この仕事を辞めてしまうかも知れない。
もしこのヘルパーが外国人だったら、
日本人だけではカバーし切れないからの外国人。

今の日本は、昔の日本人の夢の世界に向かっている、
昔の日本人は長寿を願った、そして今は人生百歳は不可能ではない。
この先輩の友人で、テレビ局に勤めている友人が、
最近始めたのは、地上波とインターネットの両方に、
コマーシャルも含めた番組を同時配信している。
この方が高品質な放送を世界中の人が見る事が出来るのと、
スポンサーも同じコストで業績が上がって喜んでいるのと、
視聴率もなかなか良いらしい、
前回の放送の内容はある地域のごみの収集方法で、
誰かが何日の何時ごろに場所は何処でと予約を入れると、
焼却場を出て焼却場に戻るルート上に別の収集希望者達のごみの量が、
収集車の積載量の四十パーセント以上で予約が成立する。
予約は二十四時間受付でルートはそのつど変更するという話で、

前々回は原発事故により日本にできたがんの治療と、
別の場所に転移や発病させない為の特集だった。
来週の放送予定は、あるコンビニのプライベート商品のシェーバーで、
小型軽量でメンテナンスは不要で、男性用と女性用がある。
始めに購入をして、数日使用したらコンビニでメンテナンスの終了している
商品と交換することが出来る、この時の費用は最初の購入価格の数パーセント、
そして今後は他のチェーン店にもこの商品の販売をしてもらうという内容で、
このテレビ局に勤めている先輩は今新しい番組の制作中で、
その内容は世間的に信用度の高いベテランタレントがＭＣで、
ＡＶデビュー前の人と、その人が指名したＡＶ俳優の対談形式で、
その人の最後の決断をする場所、現在数話分の収録が終わり、
仲間内の受けは上々である。

友達とその先輩

別のある先輩は自分を傷付けない努力をしていて、ピアスもしていない。
普段の生活をしていると、擦り傷や切り傷に発熱等々常に危険にさらされている。
その為に皮膚は傷付けない、極端に暑い物や冷たい物と極端に味の濃い物も
なるべく食べない、もし食べたら次に食べるまでの時間は沢山空ける。
睡眠は十分に取る、普段の生活でこれらに注意すればたまに羽目を外しても大丈夫。
その先輩はコンビニを作っている途中で、友達はそれをアシストしている。
造っているのは警備と救急とホテルがセットになっているコンビニで、
警備ではその建物が電波の中継をして、その地域の個人を確認する事が出来る。
やり方は一人ひとりが持っている携帯端末に反応をするアプリが入っている。

もし何等かの理由で端末が確認されなければ、注意のサインが出る。
基本は事件性が無ければそのままで、端末所有者に注意をする。
事件なら何時でも、その端末が、何時何処で確認不能になったか、
或いは未使用の端末なのか、確認が出来る仕組みで、
もし事件であっても被害者本人の承諾なしに、
端末の情報を確認する事は出来ない。但し承諾不能で無い限り、
救急では病気やけがなどの基礎知識が有り、
必要に応じて病院の手配をする。
ホテルは旅行者やそこで働く人達の宿泊施設で、
フロントはコンビニ内に有り救急や警備の人もコンビニ内にいる。
全ての人が空いている時間は、他業種の手伝いをする。
此処で働く人達の時間割は、一日二十八時間計算で、
四二四で勤務をして、三日続けて一日休み、

三カ月に一度、勤務地の変更か継続が選べる。
現在作っている場所は、新しく出来る学校に近い町から、
此処を通らずには、かなりの努力をしなければ、
たどり着くのは難しい場所に建てている、
ここは避難所の役割も出来る強度と安全性を備えていて、
だから皆に便利なコンビニチェーン店の一軒で、
ここの特徴は四時間に一回人と荷物の流通が有り、
最寄りの町とここを繋げている。運ぶ物の優先順位はそのつど変更をしていて、
地元食材で作ったお弁当は、そこでは地元価格で購入が出来る。
そのお弁当は定期便の常連で、別の店に着いてから四時間は正規価格で販売して、
四時間後四十パーセントのプライスダウンをして販売する。
それ以外の生鮮食品や生活用品も、
有効期限の余裕の有る内に、需要の大きい所に輸送される。

こうする事で商品の無駄を減らし、最小限の生産でまかなっている。
大半の商品が注文可能で、最短は次の定期便、
洗剤やオムツなど、かさばる商品は倉庫に保管され、
店内にはサンプルが置いてあり、端末で読み取るだけ、
この支店の建設のリーダーである先輩のサポートをしている友達の仕事は、
基礎に使われる新建材の発注や、地元建材の発注に、
その他色々とやる事は沢山有る。
天災や震災などの自然災害や火災等に対応出来て、
景観を損なわないデザインで、
電気やガスに上下水道などとアンテナの部品交換が容易で、
定期的に最新の部品と交換する事が出来る建物で、
ここは生活の中に無くてはならない場所。
この先輩の幼馴染でラーメン屋を経営している友人は、

対人恐怖症だけれども一人で全てをまかなっているから、
美味しいラーメンを作れるらしい。
先輩に連れられて友達も食べたが、また食べたい味と評価。
ラーメンは一種類のみで、味は濃厚でスープと麺と野菜の量を決めて、
食券を買うだけ、食券の種類は普通盛り、十パーセントずつ増量、
十パーセントずつ減量の三種類だけで、増量は二百パーセントまで出来て、
減量は五十パーセントまで出来る。
このラーメン屋の主人は、最近あるトラブルに巻き込まれていて、
この店を始めた当初から有る問題で、出入り口に営業時間外に止めた自動車が、
営業時間になっても移動されない事がたまに有る。
連絡先が残してあれば処理が出来るが、
残してあってもこちらからの連絡に応答しない人もいる。
そんな時は警察に処理を依頼しているが、

その事で逆恨みをかい、無人の時間帯に生卵やごみで玄関を汚されている。
最終的には第三者を通して、この店主が譲歩する形で決着がついたが、
相手はこれでけじめが着いたが、この店主はこの場所に居る限り、
同じような事をこれからも続けながら仕事をしなければならない。
これからも楽しく無い日々の生活を続けなければならない。
店主が言うには、相手は皆こう言う、ちょっとだけだから、
中には店主が不満を言うと、逆切れして来る人までいる。
週休一日で一年間働いている間に頻繁にこんなトラブルが有る。
だから店主は何時も、不快な事が有った時は、
修行時代の仲間の事を思い出す。
あいつは生まれた時から、毎日そんな場所で生活をしていた、
あらゆる航空機が上空を飛び廻り、何時墜ちるかという不安と、
治外法権という、理不尽な社会で生まれ育った。

おまけに他県民の人たちは、無関心や他人事のように言う。
外国からこの国を守るために必要だと。
あいつは十八の時に、こっちに出て来て思った事は、
あそこの治外法権たちは、あそこで起きた事件で彼等の関わった事件は全て、
彼等のルールで処理してしまう。
あとは観光客、お金を使うから客で有るが、
使わなければ、ただのよそ者、これは問題ではないが、
困るのは、高飛車的にお金を使う人達。
言いたい事はその金額は、他の人が払った金額と同じだと言う事。
こっちの方はと言うと、何にでも付加価値が付いている。
中には普通の人なら躊躇してしまう金額の物から、
色々な理由をつけて数字の競争をした金額の物まで有る、
ここには無駄を省いた良い物が沢山有るのに、そんなに沢山要らないのに、

ここはちゃんと、ここの町をここの人達が作っている、
と、あいつはそんな事を言っていた。
実はこのラーメン屋の主人は特許を持っている。
一つは眼鏡のレンズに貼るフィルムで、これを貼ると食事も
お風呂もサウナも曇ることが無い、もう一つは眼鏡の鼻に当たる部分に付ける
シリコン製のクッションで、これを付ける事により長時間眼鏡がずれる事も無く
鼻も痛くなりにくい。
ところで、このコンビニを造っている先輩は、今この仕事を任される前は、
大先輩のアシストをしていて、その勉強中に先輩が高評価をもらった作品は、
ある有名な会社の本社ビルで、先輩の担当はそのビルの
エントランスとロビーで、その会社の威厳を示す大事な場所で、
先輩はそこを威厳と友好をテーマにして作った作品で、
自動車を降りて出入り口までの距離は、外気温と比べて心地よいと感じる温度の

不快に感じない程度の風が上から吹き降ろし足元で吸引されている。
少し強めの風のカーテンが有る空間を歩いて行くと出入り口があり、
もっと強めの風の出入り口を通り過ぎると、とても穏やかで心地よい温度の風が
上から下に流れていて、それを足元で吸引している。
床に使った材料は濡れても滑りにくく、転んでも衝撃をやわらげる素材で出来ていて、
色は車を降りて最初は黒くて徐々に色が薄くなりながら出入り口まで進み、
出入り口を挟む辺りでは淡いグレーで、その後エレベーターの前では
気持ちの良い白になる。出入り口のドアは高さが三メートルの幅が
二メートル有り二枚が中央で合わさる形で、透明で安全に優れた素材で出来ていて、
少し色と模様が付いた扉が建物の左右に一組ずつ有る。
照明は老眼の人や視力の弱い人でも認識しやすい明るさで、
壁の色は下から床の延長で始まって徐々に黄色くなって行き天井では
きれいな濃いオレンジ色になる、先輩はこの作品のおかげで今回の仕事が回って来た。

先輩が高評価をもらえたのは、妥協点の高い沢山の職人さんに出会えたからで、
出来上がった作品は、作ってくれた職人さん一人ひとりの気持ちがこもった作品で、
私達デザイナーは夢を見て、職人さん達が具現化してくれる。
そんな職人さん達に出会えたデザイナーだけが見られる夢、
これは大先輩が教えてくれたことで、ちなみに大先輩がデザインをしたのは、
ビルディング全体とラウンジで、このラウンジの特徴はテーブル全体が指輪の形で、
宝石にあたる部分は一つ一つがデザインとカラーが違い、
すべてが本物の指輪をそのまま大きくした感じで、
椅子をプラスするとブローチのデザインで、
ソファーに合わせるとコサージュのデザインになる。
あとは先輩がデザインした腕時計が発売から数年たった今でも、
購入してから受け取るまでは一年かかるほど人気で、
その理由は純国産で価格は二万円以下、サイズは直径が五センチの円形と

四点二センチの円形の二種類で、防水で衝撃に強く軽量で、
仕組みは大きさの違う四枚の円盤が重なっていて、
円盤の形は一部分だけ凹んだ物や、歯車型にとげ山など数種類で
好きなデザインの組み合わせが選べ、好きな写真や図柄をプリントして、
特殊加工で立体的に見える、一番大きな円盤は分を表し、
次の円盤は時間で、その次の円盤では方位を示して、
そして一番小さい円盤は日付を表す仕組みで、
世界中どこに居ても現在地の時刻を示す、デザイン名はじゃ無い方、
利き腕じゃ無い方の内側に時計が来るように付けて使って欲しいからで。
先輩は今作っている物の一つにモーターが有る、
仕組みは一本の軸の中心に本体が有り、片方の軸を動力として使い、
もう片方の軸は発電に使うという仕組みで、将来的には電車にも使おうと想っている、
使い方は自動車なら四つの車輪に一個ずつこの装置を付けて、

二輪車には二個使い小さな物ならドローンから家電まで使う事が可能で、
そして現在操縦訓練中の救助ドローン一人用と数人用で、
この先輩の友人で美容師をしている友人に私が、
なぜ作品の写真を撮らないのか尋ねると、その友人はこう言っていた、
私の作品は、皆のアルバムに全て収まっているから。

学校を作っている先輩の友達

この友達は日本について研究をしている。
日本は大小沢山の島で作られていて、本州と繋がっている陸路を除けば、
海路と空路だけになる、外国からは二つの航路のみ、
だから政府はこの二つの航路を注視している。
空路は現在は把握出来ているが、海路は既に把握出来ていない。
しかも個人レベルの小さな乗り物は把握しきれていない。
日本には四季が有り温泉が有りサービスが有り地震が有る。
そして戦争が無い、これはほとんどの人が戦争をしたいと思っていないからで、
けれど事故や事件で死亡する人や自殺する人もいる。

急いでいた為に起きた事故で死亡、生きていたら楽しい事が沢山出来た。
事件により死亡や自殺も同じで、生きていたらきっと楽しい事が沢山出来た。
加害者には、その内容によっては死刑か、被害者の奪われた時間プラス
罰が有っても良いのではないか、それらを前提に減刑の有無を、
決定するべきではないのか。生きてさえいたら残りの人生を楽しく過ごせたはず、
加害者にならなければ、もっと良い人生が有ったのに、
これからこの国は、どんどん良くなるのに、
この国の中なら安心して、自分に合う生活が出来るようになるのに、
この友達は日本を一つにまとめる時が来たと思っている。
その為のきっかけを作っている最中で、やり方は沖縄を使い沖縄が
抱えている問題に取り組むことで、ここが南の島で海がどれ程きれいな所で、
どれだけここが、日本にとって大切な所なのか知ってもらう、
これが出来たら、次は世界の人にとって、日本を大切な場所にするだけ。

今その海の一部を人工的に作り変えようとしている人達がいる。
日本の総海岸面積の微々たる範囲で、皆が心に留める程の事ではない場所でも、
ここの人達にとっては大事な資源の一つで、日本の資源の筈なのに、
政府は日本の為に必要な犠牲と捉えていて国民の関心は少ない、
これが屋久島なら如何するだろう、海か縄文杉のどちらか選べと言われたら、
肩書が有っても無くても同じ日本なのに、
沖縄には治外法権も有るのに、九州に海と治外法権のどちらも差し出せと
言われたら如何する。何県が犠牲になっている、他にも犠牲になっている県、
戦争に負け沖縄本島が差し出され、
沖縄県民が犠牲になり、その後形式上日本に返還され、
いまだに治外法権に縛られている現状で、海を要求されている。
同じ日本なのに、同じ日本人なのに、どこが同じなのか判らない、
沖縄県民は戦後七十年以上も我慢をしてきて、

まだ我慢が足りないですか、
同じ日本人なのに……
ここを救う為に最初は隣の島と交流を深め、隣の島は別の隣の島と交流を深め、
徐々に九州へと交流を深め、本州や四国に北海道やそれ以外の小さな島々と
交流が深められれば、私達みんなで日本だと理解して貰えると思う。
そして最初に始めるのは、沖縄人どうしで喧嘩はするなと言う事、
ここは小さな日本だ、小さな島の集合で出来た沖縄県、
大昔から諸外国と貿易をしながら自分達の文化で、
この島々を築いて、その交流の中でいちばん友好的な九州たちと仲間になり、
そして日本の仲間になれたのに。だから沖縄らしい、おもてなしで、
ここでいちばん大切な自然を楽しんでもらい、
ここは沖縄県と言う地名の場所で、
未だに世界に強く発言が出来ない日本の現在最南端で、

戦後何年経ったかも答えられない人達にも、
ここが日本で良かったと、思ってもらえる場所にする為に、
県人同士で喧嘩はするな、それが出来たら、
そのルールは沖縄では喧嘩はしてはいけないというルールになり、
そのルールの評価が良ければ日本のルールになるかも知れない。
直ぐに全てが解決するとはだれも思わない。
でも少しずつ改善なら直ぐに始めることはできる。
それが出来れば世界に向かって、
日本は平和で楽しい所で、喧嘩も許さない所で、
日本人なら旅券が無くても、外国人でも旅券が有れば、
日本人なら誰でも日本中どこにでも行く事が出来る場所、
それが日本人が作った国、日本国。
ここでは全ての人が、同じ規則で生活をして、

この国は今よりもっと、楽しい場所に進歩して行く国になるだろう、
ここでは外国人も自由に行き来する事が出来る、
その分リスクも増える、便利になればなるほどリスクも増える、
他人の考えは分からないから、事件になれば現在の法律というルールで
白黒をつけているけれど、加害者側は知恵を絞りダメージを少なくする。
結果的に被害者のダメージが増える。
もしも未来の日本が国内全ての場所を記録する事が出来るようになれば、
だから県人同士の喧嘩はするな、
この先輩の友達の、ある友人はアダルトビデオの制作会社の社長で、
この会社の売りは、初めてのアダルトビデオの一つ前という売りで、
どういう事かというと、契約内容は本人の希望する設定で、
撮影開始の数週間前に受け取った台本を元に、
イメージ作りをしてもらい、

本人の選んだ相手役とで撮影をする、
撮影後に販売したくなければ本人が買い取る事が出来る、
買い取り価格は、撮影費用プラス撮影費用の十パーセント、
買い取り後に販売を再度したい場合は、この会社と再契約をする事、
再契約は無期限で出来る事など。
この人には、ある一つの考えが有る。
それは危険なセックスと安全なセックスについてで、
大事なのは具体的にどんな事が危険なのかを、
子供たちに早く教える事が出来るのかという事。

先輩の大先輩

私の尊敬する先輩の大先輩は、ある組織の携帯端末専用のアプリの
発案者で開発グループの一員で、そのアプリの名はこの指とまれ。
キャッチフレーズは、私達が信じられなくてあなたは何を信じますか、
そのアプリの入会条件は日本国内に居る日本人と全ての外国人対象で、
入会金は無料で、次の日から毎日一日一円の支払いの確認のメールが届く。
支払いに合意したら、そのサービスは継続され、拒否や無返答の場合も
そのサービスは継続されるが、明日は頑張りましょうと言うメッセージが届く。
そのサービスは日本国以外では出来るだけのサポートをする。
ただし一番最初の契約は日本国内のみで契約が出来る。

つまり日本国内のみアプリのインストールが可能で、
一度アプリがインストールされると、死亡するまで契約は継続される。
そのサービスの内容は、毎日あなたの事を記録し続ける、
あなたの死亡が確認され、その後ある一定の期間が過ぎると、
全ての記録が消滅する、そしてこの契約には一切の例外も認めない。
現在アプリの開発は終わって、その為の環境整備をしているところで、
まだ大半の所で準備すら始まっていない状況で、
今はアプリの性能を一部の人達で実験している。
この人たちの特徴は日本国内の移動が多く、
時々海外でも実験が出来る人で、
このアプリを考えた大先輩は、ランキングのオーナーの親の資産家と
幼馴染で幼稚園から外国に留学までずっと一緒で、今でもよく直接会う
友人の一人で、共通の趣味があり、共有する時間の多い友人の一人である。

この大先輩の親は夫婦二人で小さなお店を経営していた。
親達の生活環境の違う、この二人が出会えたのは偶然で、
この二人が仲が良いのは何時でも対等に、
共有する時間を楽しむ事が出来るからである。
これだけ気の合う友人を彼らは、
一緒に居てストレスの少ない他人であると言っている、
この大先輩が言うには、子供には最低三通りの人間同士の接触の仕方がある。
母親と子供、父親と子供、そして家族、子供に愛を教えてあげられるのは、
母親と父親である、大先輩の別の友人で仲間とベンチャー企業を、
一緒に立ち上げた友人で、やはり実際に会う数少ない友人の一人で、
この人はシングルマザーの環境で育てられ、二月生まれのかれが小学校に
上がる前の年の出来事で、こんな事が有った。そのころのかれは母親の働く
工場のトラックが出入りする扉のそばの内側に置かれたダンボールの中で、

母親の仕事が終わるのを待っていた、
小さな子供が体育ずわりをした時の膝くらいの高さのダンボールの中で、月曜から土曜まで、トイレ以外の時間をそこで過ごした。そこでかれに出来る事は、ぼーっとするか、一人遊びを考えるか、寝るだけで、足を伸ばす広さも無い所で、手元には弁当と、一袋のお菓子、たまに知らない大人達が声をかけて来るが、いっさい理解出来ない、私の言葉の情報源は母親と見知らぬ大人だけ、その子に理解出来たのは、笑顔かどうか、
小学校に入ると知識も体力も劣っていたその子の唯一の楽しみは、みんなと話したり遊んだり一人では有り得ない時間を楽しんだ。
教師はというと、公平な教師と差別する教師と体罰。
中学に入ると体力と知識も、やっと競える所までに追いついた頃、ここでもみんなと一緒の時間は楽しく過ごせた。
みんなと同じ失敗をすると、私だけ体罰を受けた。

高校に入ると全員が初対面で、卒業する時には数人の友人が出来た。
このころの教師は無視をするか体罰。
工場に就職して給料をもらう、少し自分に自信が持てた。
退社後に一緒に飲む先輩や仲間が出来た。
そして仲間と会社を作った。
今作っているのは人工衛星で、日本全土がカバー出来る性能で、
それをある組織からの注文で製作している。
目的は日本の全てを記録するため、
まだ認可は下りてはいない、
アプリの主要目的は日本国内の全ての人の音声と画像を記録する事です。
このアプリは、個人とアプリの一対一の契約で、共有は出来ません、
たとえ契約者本人でも、確認する事は出来ません、
ただし特殊な事情により、確認が必要な場合は、

その時の第三者達の投票の、四十パーセント以上の第三者達が、
必要と認めた場合は特別とする。
このアプリは、契約者を護る為のアプリです。
たとえ第三者達の四十パーセント以上が承認しても、
契約者の合意が無ければ、記録の確認は出来ない。
ただし、死亡は例外とする。
このアプリは事実のみ記録し続けます。

薬の先輩

ある製薬会社に勤めている先輩は薬についてこう言っている。
薬について、みんなはどういうふうに想っているんだろう。
病気やけがの薬と楽しくなる薬、
これらは昔から研究されて来て、今でも研究されている。
アルコールにタバコにドラッグと、
昔と今の違いについて、みんなはどう想っているのか。
アルコールは薬として飲み始められ、その後娯楽要素が加わった。
タバコにドラッグも全て同じである。
昔から有って今でも研究されているこれらについて、

みんなはどう想っているのかなあと、
今有るこれらを良いとか悪いとかではなく、
これらがもっと良くなる使い方について、
例えば歯の治療、昔は手先が器用な人が治療をすると、我慢をしなければならない激痛が有るが、下手くそがやると我慢し切れない激痛が有る。
今は誰が治療をしても麻酔を使えば痛くは無い、
麻酔には直接人体に与えるリスクと治療をする人の技術力のリスクが有る、
先輩が今研究しているのは、娯楽の為の薬で人体や生活に負担の少ない適正量を探し、今後は国内に居る一人ひとりが自分の適性を知り、
使用するときは安全な場所で、適量を守り使用出来るようになる時までに、
適性検査をして、不適合の商品は人体に取り入れてはいけないと言う、
教育が必要になる、先輩は今アメリカで大麻体験ができる施設で働いている。
ここではまず適性診断をして問題が無ければ、煙を吸い込んだり、

料理に混ぜて食べることができる、最初は個室で音楽や動画を使い
ゆっくりと体の変化を確認してもらい、安全に歩行ができるくらいになったら、
広い敷地内を自由に使う事ができる、施設内のすべての場所が音声と映像で
記録されていて、でもこれらは確認しなければならない出来事が起きない限り
誰も確認することはできない、ここにはたくさんのスタッフがいて、
全員が勤務中の大麻の使用は禁止で、それ以外の時間は使用も施設も自由に使える。
スタッフは国籍、年齢、性別に関係なく服装も制服と私服の両方で
初めて来る人も安心して体験できる施設です。
宿泊から娯楽まで何でもある施設の広さは、東京ドームの百倍以上で、
正常に活動が出来るようになるまで、この施設を出る事は出来ない。
この先輩が言うには、毎日の生活は全てギャンブルだと言う。
朝起きてトイレに行くか行かないか、これに規則をつけるとしたら、
自分にとってより良い規則にして、あとは習慣にすればよいだけ、

朝食を食べるか食べないか、メニューを選ぶか選ばないか、
どんな服装でその日を過ごすのか、これら全てを無意識で決定している。
その日飲む水は何を飲むか、飲み方は一口ずつ数回から数十回に分けて飲むのか、
ペットボトルの口と自分の口が付かないように飲むか飲まないか、
その後の交通手段は何を使うのか、
昼食は誰かと食べるのか、一人で食べるのか、
夕食は誰かと食べるのか、一人で食べるのか、
部屋に帰ったら、テレビにパソコンに携帯端末にそれ以外と、
一日中ギャンブルをしている。
つまり選ぶという、ギャンブルをしている。
小さな負けは解消出来ても、大きな負けは取り返せない場合も有る。
違いは子供の頃から身に付けた習慣による。
無意識の行動と意識して選ぶのと違い、

絶対安全は無い、だから今よりももっと安全を意識する事。
この先輩には若い頃から続けている習慣が有る。
面倒くさい生活をする事、具体的に言うとベットの上にいる時に、
手を伸ばしただけでは、よく使う物に手が届かない生活をする。
一回で終わる事を数回に分ける、
一日に何度も動かなければならない生活、外に出たら何でも便利。
部屋の中まで便利にしてしまったら、身体が退化してしまう。
ＤＮＡは生まれた時は両親から受け継ぎ、時間を掛けて進化させる。
繰り返し繰り返し修正をしながら、本当になりたい自分を創る為に、
必要な習慣を作ればＤＮＡが記憶をして、その方が良いらしいよと脳に伝わる。
例えばある目的地に向かう為に、歩道が有ったり無かったりする道を、
日常で使っていたとする、同じ道だけど人によって行動が違う。
音楽を聴きながら前を向いて歩いている人、

音楽を聴きながら携帯端末を見て歩いている人、
考え事をしながら歩いている人、
乗り物に乗って通り過ぎる人や乗り物を操作している人、
音楽を聴き携帯端末を使いながら乗り物を操作している人、
注意しながら歩いている人、
注意しながら乗り物に乗っている人に乗り物を操作する人、
毎日修正をしながら習慣を身に付けていく。
こうして本当の自分になる為に、今も修正を続けている大先輩を、
私はいっぱい知っている。

アパレルの先輩

ある先輩は私にリスクの少ない生活をしたいなら、
リスクの原因となる他人とは距離を取ろうと。
先輩はあるブランドの会社に勤めている。
先輩が作っているのは、日本原産の材料で国内製造で、
国内のみの販売商品を作っている。
それも原材料の産地だけの販売をしている。
製造も産地で行う事で、コストを削減している。
商品から色々な付加価値を取り除き、
購入者の体型に合わせた物を買う事が出来るように、

という付加価値を付けた商品を作っている。
この先輩の前職は或る商社の海外部で、世界中の商品を品定めして来た、
輸入する品と輸出する品の市場調査をしていた頃に、
時には隣で戦争をしているような場所にも行った。
その時に想ったのは、戦争をしている人達は、
戦争がしたくて戦争をしているのか、
誰かの命令で戦争をしているのか、
王様同士が喧嘩を始め、それで戦争が始まって、
家族や仲間が殺されて、だから仕返しに殺しに行って、
そしたら又仕返しをされて、
王様達は安全な場所で生活をしているのに、
今戦っている人達は、自分が死ぬまで続けるのかなあ。
死ぬまで心と体にストレスを与え続けて、

最後は死にたくて戦争をしているのかなあ。
それに比べて日本の天皇様は良いＤＮＡを育てたなあと。
ちなみに私達の組織の規律の中で最重視されているのは、
子供達よ人生を楽しめという教えで、
私たち社会が守ってあげなければ楽しめない、
その為の活動が日進月歩で日本中で進んでいる。
ある別の先輩が今計画しているのは、
平成の天皇様が、やっと、自分の意思で自由に生活が出来るようになる。
今まで日本を守ってくれて有難うございます、
次は戦争を終わらせてくれた、昭和天皇様の肖像の有る日本円札これが欲しい。
これを実現するには日本国民の何パーセントが必要なのか、
これが出来れば日本の現在の自由度がはかれると思う。
日本の社会はみんなで作っているという事を自覚してほしい。

それが出来たら日本は現状のままの生活を続けていながら、
考え方をゼロから一つ一つの外国と契約をして、
地球に存在する日本と認めてもらえる。

調査員

2019年10月26日　初版第1刷発行
著　者　おやゆびん
発行者　中田典昭
発行所　東京図書出版
発売元　株式会社 リフレ出版
〒113-0021　東京都文京区本駒込 3-10-4
電話（03）3823-9171　FAX 0120-41-8080
印　刷　株式会社 ブレイン

ISBN978-4-86641-261-0 C0093
Printed in Japan 2019

ご意見、ご感想をお寄せ下さい。

［宛先］〒113-0021　東京都文京区本駒込 3-10-4
東京図書出版